AF489163

Latidos de Malvinas

Niña Pez
EDICIONES

Monticelli, Carlos María

   Latidos de Malvinas / Carlos María Monticelli. - 1a ed . - Ciudad Autónoma de Buenos Aires : Niña Pez Ediciones, 2020.

   66 p. ; 21 x 15 cm.

   ISBN 978-987-8360-30-0

   1. Narrativa Argentina. I. Título.

   CDD A863

Latidos de Malvinas, CARLOS MONTICELLI

Contacto del autor: monticellicarlos@gmail.com

Niña Pez Ediciones, Jessica Boianover

Contacto: NinaPezEdiciones@gmail.com

/NinaPezEdiciones/

/NinaPezEdiciones/

Edición y diagramación de tapa e interiores: Jessica Boianover

Contacto: jessboia@gmail.com

Corrección: Mariana Kruk

Contacto: hastalaultimauva@gmail.com

Niña Pez
EDICIONES

Carlos Monticelli

Latidos de Malvinas

Sɪ ʟᴀᴛᴇ, ᴇs ᴘᴏʀǫᴜᴇ ᴠɪᴠᴇ

Esta historia está inspirada en las vivencias surgidas del "Desafío del Atlántico Sur". Una actividad deportiva (natación de aguas abiertas) en diversas bahías y en el Canal de San Carlos de las Islas Malvinas. Además de mantener una presencia argentina en las Islas, se buscó también un acercamiento cultural y de amistad con los isleños.

Este proyecto nació por la iniciativa de Claudio Plit (argentino y varias veces campeón internacional de aguas abiertas), en relación con la fundación *No me olvides*, creada por Julio Aro (ex combatiente) que, junto al ex coronel británico Geoffrey Cardozo lograron la identificación de los soldados argentinos en el Cementerio de Darwin, que figuraban como "Soldado argentino sólo conocido por Dios".

A nuestros Héroes y sus familias, a la fundación *No me olvides*, a los que participaron del Desafío del Atlántico Sur, a nuestros hermanos Isleños, al equipo del BFC de Burzaco, a NAF Argentina, al Taller de Laura Massolo, a Pablo Ríos por su poema "Niño Vestido de Soldado" y, sobre todo, a mi familia y amigos que me bancan a pleno, les dedico esta novela.

CARLOS MONTICELLI

SIMBIOSIS

> "… *nadie vive en el presente;*
> *todos están por vivir en algún futuro…*"
> JONATHAN SWIFT (1667 - 1745)

1

Hace tiempo que navegamos sobre el plano del Espacio-Tiempo, curvado por la influencia de enormes cuerpos celestes. La distancia al punto de partida es enorme, inimaginable, teniendo en cuenta la velocidad cercana a la luz de la nave. Descubrimos estrellas y constelaciones nunca antes vistas, aunque su existencia fuera sugerida por los científicos de la lejana Tierra.

La Tierra y todas nuestras historias vividas son un recuerdo, vago y difuso. Quizás sea un planeta muerto; o un planeta de muertos. Después de tres años en el espacio ¿cuánto tiempo habrá transcurrido en él? ¿miles de años? El cordón umbilical con la vida terrestre se cortó al despegar la nave. Lo que importa es la apuesta, el desafío, la búsqueda, la locura de este proyecto. La meta.

La meta es llegar a la línea final del Universo, al abismo, al fin de las estrellas, soles, los posibles planetas y constelaciones celestes, donde fallan todas las teorías y las ciencias conocidas, ver qué nos espera, qué existencia probable nos pueda mostrar cómo se mantiene todo ese equilibrio, toda esa magia, con las diversas vidas encerradas dentro. Quizás sea la línea que demarca el comienzo de otros Universos, los paralelos o los de alguna configuración que nos sorprenda. Tal vez veamos otra respuesta, o una opción inimaginable de cómo llegar nuevamente al punto de partida. Quizás nos espere un dios, o varios dioses, los paganos o los otros que, asombrados por el desafío, nos observen curiosos por saber hasta dónde llegaron sus criaturas para conocer el verdadero origen de su especie y el medio donde se desarrollaron.

Tal vez solamente nos espere la oscuridad absoluta, el final de un todo; o el final de la nada.

2

Un acelerador de neutrones nos impulsa a través del curso marcado por la Bio-Computadora, hacia los confines del Universo y utilizando, también, la energía de las estrellas y los vientos intersolares como potencial de reserva. Pero el gran secreto es el sistema de guía de cómo conducir la nave sobre el curso proyectado, evitando tormentas de meteoritos, cometas, chatarra espacial y los posibles desvíos provocados por la influencia de los grandes agujeros negros.

El éxito fue poder interrelacionar la computadora Máster de alta tecnología con las reacciones electro-biológicas impartidas del cerebro de un animal. La teoría se basó en observar el comportamiento de la naturaleza terrestre, para poner en práctica su mensaje de miles y miles de años de perfeccionamiento genético que les permitió la supervivencia, orientarse en situaciones ambientales extremas y prever por su instinto situaciones de peligro. Después fue desarrollar, durante años, el Casco de Interacción Biológica (CIB), para comunicar las reacciones de un cerebro animal con la computadora Máster, donde está todo el mega-programa de este proyecto espacial.

Ahora navegamos sobre el rumbo marcado por la computadora Máster, dirigida por un ave y un felino, con sus respectivos CIB en estado de sueño inducido. El ave, por su giróscopo natural y, el felino, por su capacidad de prever el peligro.

Estoy ahora a cargo de la supervisión general del viaje y escribiendo en la bitácora, los detalles y las rutinas de control. Es mi segundo relevo. El resto de la tripulación, en suspensión criónica.

3

Presentación general del proyecto a cargo del Capitán Claudio

"Ustedes fueron los diez seleccionados. Pasaron y aprobaron las pruebas técnicas, psíquicas y de salud. Ya tienen conciencia de qué se trata este proyecto y sus alcances a nivel científico, su repercusión sobre la humanidad y el sacrificio que conlleva esta aventura a nivel personal. Una de las inquietudes es cómo se desarrollará el proyecto, desde lo logístico, desde la energía que propulsará la nave y los detalles que deberán articularse para que el proyecto tenga éxito.

¿A quién no le llama la atención esa facultad que tiene una gallina de mantener su cabeza y mirada fija aunque uno desplace su cuerpo para los costados, o hacia arriba o hacia abajo? El pico nos estará marcando siempre la misma dirección, el punto a seguir. Basta procesar esa capacidad neurológica para utilizar ese comportamiento natural que funciona como un verdadero giróscopo, que la naturaleza ha perfeccionado durante siglos y siglos de evolución.

Otro animal interesante de observar es el gato. Arrojar un gato desde cualquier distancia hacia el suelo, siempre caerá parado. Incluso cayendo de cualquier posición: de costado, patas para arriba, sentado o cabeza abajo; la cola la utiliza como un sistema de regulación en la caída. Pero además, tiene esa naturaleza misteriosa, enigmática y personalista, que percibe situaciones de peligro, como si midiera o se adelantara a algo imprevisto. Por algo en algunas culturas los consideraban dioses y, en otras, seres malignos.

Para fines del proyecto que llamaremos "Simbiosis" (por la

interacción entre lo humano y lo animal), se desarrolló el Casco de Interacción Biológica que se utilizará para comunicar las reacciones de los animales con el programa de la computadora Máster y, así, guiar y proteger la nave.

El estudio de los sistemas de propulsión, alimentación del conjunto humano-animal, criogenia y reproducción de animales, actividades de socialización e interacción del conjunto, se lo derivó a un grupo de científicos de dos países, en una actividad secreta acordada entre sus gobiernos. El lugar de ensamble de todo el proyecto "Simbiosis", se hará en un laboratorio bajo tierra ubicado en una isla solitaria, donde nunca se sospecharía de semejante intención.

Se utilizarán granjas para criar aves, gatos y otros animales, simulando una actividad rutinaria del lugar y, así, producir las sucesivas selecciones genéticas que asegurarán el éxito de la misión. También un entrenamiento de convivencia entre ustedes, los tripulantes, con la debida asistencia psicológica para regular el trato entre humanos, animales y un ambiente artificial que se adecúe a nuestro hábitat, para evitar el estrés del viaje y la falta de gravedad.

Todo ya fue planteado frente a las comisiones secretas de ambos países, que manifestaron su apoyo a este proyecto. Los réditos de semejante inversión serán distribuidos en partes proporcionales, tanto en lo tecnológico como en lo político y pondrá a las dos naciones en lo más alto de los logros humanos alcanzados y en una instancia de colaboración histórica y ejemplar para el mundo."

4

URGENTE - ÚLTIMAS NOTICIAS:

"Misteriosa desaparición de siete nadadores en el Canal de San Carlos. Se trata de un grupo de deportistas que pretendían unir a nado las dos Islas Malvinas (Falkland Island) en un tramo de cinco kilómetros entre Fanning Head y Jersey Point. El cruce programado se realizó hace cinco días con un bote motorizado para acompañamiento de los nadadores. Se registró la partida desde Fanning Head, pero nunca llegaron a su destino de Jersey Point. Si bien no se registraron tormentas en esas heladas aguas, se supone que alguna corriente arrastró a los nadadores y al bote hacia alta mar. Muchos creen que se ahogaron en ese frustrado intento a causa de la temperatura del agua produciéndoles un estado de hipotermia; en cuanto al bote de apoyo, tampoco se sabe nada del mismo, ni de los tres acompañantes."

UN ACTO POR LA CONVIVENCIA Y POR LA PAZ.

"Así fue definido este acto deportivo por los representantes de los gobiernos de la U.K. y Argentina, en el proceso de acercamiento de ambos países que ya había comenzado varios años atrás. El Consejo de las Islas aprobó el proyecto y aportó toda la logística necesaria. El frustrado cruce fue supervisado por una corbeta de la guardia militar, llevando las tres banderas: la argentina, la británica y la isleña, y además, acompañado por un bote motorizado de apoyo. El Capitán de la nave dijo que perdieron de vista a los nadadores un kilómetro antes del punto de llegada y que de inmediato avisaron a la base. Por otro lado, la embarcación que acompañaba y que navegaba bajo las mismas condiciones climáticas, también desapareció.

Aún no hay novedades de la misteriosa desaparición los deportistas, ni del bote de apoyo, ni de los acompañantes."

THE PENGUIN NEWS:

"... Siete competidores que intentaban el cruce a nado del Canal San Carlos, juntamente con la lancha de apoyo, desaparecen antes de llegar a Jersey Point. Se supone que las condiciones meteorológicas y corrientes del Canal que separa las dos Islas hicieron que sucumbieran en las heladas aguas del Mar del Sur..."

"Después de cinco días de rastreo con helicópteros y naves de rescate de la gobernación de las Islas y sin ningún rastro de los nadadores ni de la embarcación de soporte, las autoridades dieron por muertos o desaparecidos tanto a los siete deportistas, como a los acompañantes."

NOTICIAS DEL MUNDO DEPORTIVO:

"Al cumplirse un mes de la desaparición de los nadadores y acompañantes, los gobiernos de la U.K. y Argentina convinieron en arrojar diez ofrendas florales (coronas), una por día por cada nadador y por cada uno de los tres tripulantes de la lancha acompañante. El ritual se realizará desde un buque militar sobre la zona donde se supone se produjo el deceso."

5

El Capitán Claudio nos reunió aquella noche. Aclaró que todo marchaba según lo previsto y nos dio instrucciones precisas sobre cómo actuar en los siguientes días. En el búnker de la Gran Malvina, todos estuvimos a la espera a que el tiempo pasara, a que las noticias del naufragio se acallaran y que en los medios se hablara de otra cosa. Cumplido un mes, cada día, una corbeta de bandera inglesa arrojaba una corona sobre la orilla de Jersey Point. Una por cada nadador desaparecido y una por cada acompañante; con sus nombres. Cada corona tenía los colores blanco, celeste, rojo y azul. Los medios comentaban que para la comunidad internacional era un signo de fraternidad entre las dos naciones.

Nosotros, todas las noches con la ayuda de la marea, recogíamos cada ofrenda floral en forma de corona sobre la orilla de Jersey Point y la llevábamos al búnker. Dentro de cada una de ellas, estaba oculto el resto de las partes fundamentales de la nave a ensamblar. La última ofrenda fue la más grande: allí se encontraba el LHC que oficiaría de propulsor de la nave a través del flujo de neutrones. El abastecimiento del resto de los componentes y provisiones, se realizó en varias expediciones nocturnas secretas, mediante un submarino nuclear provisto por el gobierno de la U.K.

Nuestro búnker se construyó bajo el monte Jersey de la Gran Malvina o, como ellos la llaman, la West Island. Después de casi diez años, bajo el secreto de ambos gobiernos, se finalizó con el armado del laboratorio y taller de ensamble del proyecto "SIMBIOSIS". Al mismo tiempo, varias granjas y establecimientos de cría de animales de la Isla, fueron utilizadas para el desarrollo de las gallinas y gallos que, mediante una selección hereditaria, se logró una línea genética adecuada para optimizar su giróscopo natural y biológico y su adaptación al CIB, que se conectará con la Computadora Máster. Para la cría de los felinos, se utilizaron gatos callejeros, dado que son animales acostumbrados a sobrevivir en situaciones de estrés y peligro.

6

Para muchos, una historia más para comentar o criticar por semejante acto de desafiar la naturaleza sin sentido, una irresponsabilidad. Para otros, un acto pacifista al intentar unir las Islas en pos de una declarada convivencia entre dos países que, durante mucho tiempo, estuvieron distanciados. Pero serían sin dudas, breves comentarios en alguna charla de café, o entre amigos, sin nunca profundizar en el tema. Si para los medios estábamos muertos, entonces para el mundo estábamos, irremediablemente, muertos o desaparecidos.

Para todos nosotros empezaba una nueva vida, sin estar ligados al mundo; sólo nosotros abocados al proyecto. Algunos hasta cambiaron sus nombres por apodos, para adaptarse a esa nueva situación existencial, o para olvidar su vida anterior, algo así como cortar el cordón umbilical con el mundo exterior.

La convivencia es lo que más cuesta, sobre todo en un laboratorio a cien metros de profundidad. Estamos entrenados para eso, mediante un largo proceso bajo la dirección del Capitán Claudio.

En esa zona no llegan celulares, ni Internet, ni la televisión. Solamente la BBC de Londres y algún sistema de radio propagación de onda corta. Eso simplifica la concentración en el trabajo. A veces teníamos que trabajar fuera del búnker, como simples granjeros, en los establecimientos de reproducción de aves y felinos, para lograr la línea genética más óptima.

Todas las semanas se acercaba en secreto el submarino nuclear a la costa de Jersey Point y un oficial ejercía un control sobre el proyecto. La relación era muy buena, ¡hasta llegó a compartir una rueda de mates con el equipo!

Llevó unos meses ensamblar la nave. El Capitán Claudio coordinó cada detalle en tiempo y forma. El despegue está planificado con las primeras luces del amanecer de un día de invierno. Al abrirse las compuertas cenitales del laboratorio el despegue será una luz brillante y silenciosa hacia el cielo, una estrella fugaz desde la tierra, un instante luminoso hacia la nada. O hacia el todo.

7

John y su esposa Michelle son los dueños de la principal estancia donde se criaron las aves, gatos y ovejas, para lograr durante varios años la selección genética de cada especie. Se incorporaron ovejas, como una colaboración para el provecho de la comunidad isleña. A las granjas más chicas y cercanas se las utilizaba como proveedoras de alimentos para nosotros y para los animales. El establecimiento radicado en la West Island fue alquilado por el ejército de la U.K. mediante una muy buena oferta hecha por el gobierno donde, además, quedaba explícito que se trataba de un proyecto de utilidad nacional. Nunca supieron la verdadera razón del interés por ese lugar (Jersey), ni que allí se investigaría una nueva línea genética de gallinas, gallos, ovejas y gatos. Para John y Michelle, simplemente fue una excelente oportunidad de negocio. El acuerdo contemplaba que, al finalizar el convenio de alquiler, no sólo recibirían el establecimiento con las mejoras edilicias y actualizaciones tecnológicas sobre crianzas avícolas-ovinos, sino que además serían legítimos propietarios de esas novedosas razas de animales y de cómo criarlos. Así nosotros tuvimos resuelta esa parte de la logística necesaria para el propósito de "SIMBIOSIS".

Tanto John como Michelle, jamás supieron de nuestro búnker ni de las verdaderas intenciones de ese proyecto genético. Se mudaron a la otra Isla, viajaron por el mundo y disfrutaron por años de la renta recibida.

8

A esta altura de los tiempos y desarrollo del proyecto, muchos de los diez futuros navegantes, cambiaron sus nombres adoptando otros, como un símbolo definitivo de dejar atrás su vida anterior y quedando solamente lo que nos esperaba para el futuro. El único invariable, firme y centrado en toda su personalidad es el Capitán Claudio. En cuanto llegan los militares que hacen el control con sus visitas secretas desde el submarino nuclear, nos piden mate en lugar de té o café. Hacen comentarios divertidos y nos llaman *The crazy swimmer*[1], porque así nos habían conocido en alguna oportunidad, nadando en las aguas de alguna bahía de las Islas a modo de adaptación.

Ya estamos entrenados en todos los estados físicos y psicológicos de acuerdo al plan que implica el proyecto "Simbiosis", bajo la supervisión del Capitán Claudio.

La selección genética arrojó los resultados esperados en cuanto a las aves. Logramos una línea que tiene un alto grado de perfección de su bio-giróscopo. También seleccionamos por sexo los huevos fertilizados y ya congelados en estado de gestación. Las hembras se encargarán de la guía de la nave corrigiendo el rumbo bajo sueño inducido. Los machos, despiertos, marcarán con su canto los comienzos de cada día en el espacio. Pero un gallo criado bajo una genética especial al que llamamos Gallo Alfa, será el que dará su canto estridente al llegar a la frontera del Universo. Él, conectado a través del CIB a la hembra de turno que, al finalizar el viaje y no tener que corregir ningún rumbo con su giróscopo natural, el gallo cantará con un código particular que la Computadora Máster descodificará como punto

---

1 The crazy swimmer: los nadadores locos.

de llegada. Según los cálculos, después de tres años de viaje en el espacio las aves habrán perdido su eficacia y serán reemplazadas por nuevas, de acuerdo a un plan de nacimientos. Las desechadas, servirán de alimento para la tripulación y para los felinos.

Por su personalidad independiente, será difícil manejar a los gatos y que respondan a alguna orden o programa. Pero esa facultad es la necesaria para la prevención o anticipación de algún peligro. Cuanto más salvajemente se comporten, tendrán una mayor intuición y serán más eficientes ante una emergencia. Ese punto contradice a que se logre un buen nivel de convivencia con las aves y nosotros los humanos. Sé que esa situación deberá ser controlada. Una situación de caos puede poner en un irremediable peligro al proyecto, con consecuencias inimaginables.

9

Ensayamos muchas veces el protocolo de partida: los simulacros de despegue, la carga de los animales, los huevos fértiles congelados y la posición para el ascenso; incluso el abrazo haciendo una rueda, donde cada uno diría unas palabras a modo de despedida o a modo de esperanza para una nueva vida. Estábamos listos, entrenados y expectantes. El despegue deberá ser en un día de invierno, con frío y niebla (algo muy común en esta zona) y en las primeras horas de la madrugada. La nave estaba lista en el centro de las compuertas cenitales. Muchos escribieron grafitis sobre las paredes del búnker: expresiones futboleras, frases filosóficas, letras de canciones o algún poema corto. Fueron palabras de despedida pensando en que, tal vez, nunca volveríamos; o pensando en dejar una marca para alguna civilización futura que descubra el búnker. O quizás, la intención fue dejar un mensaje para nosotros mismos si, en realidad, pudiéramos volver; o para alguien que redescubra ese pasado, después de los miles de años que transcurrieran en la Tierra.

El Capitán Claudio recibió el mensaje de la Comisión de Enlace del proyecto Simbiosis en la madrugada de aquel 14 de junio. En pocos minutos cargamos toda la logística y equipamiento. Antes de embarcar, hicimos el abrazo en rueda. El Capitán Claudio invitó a decir lo que quisiéramos. Nadie dijo nada. Nos miramos entre todos y, en silencio, abordamos.

Cada uno tomó su lugar. El Capitán Claudio en el comando. El resto en sus lugares de partida y, después, entrar en las cámaras de suspensión criónica. Mi turno sería el segundo, después de cuatro meses de navegación.

Las compuertas cenitales se abrieron. Se podía observar la niebla por las ventanillas. Diez segundos después de la partida, las compuertas se cerrarían, desconectándose todo sistema de energía dentro del búnker. Una tumba moderna al estilo de las pirámides de Egipto.

Fue una luz que partió desde Jersey, silenciosa, brillante y que atravesó ese manto de neblina alejándose en un instante del búnker, de las Islas, del continente. Del planeta.

10

Estoy nuevamente a cargo de la nave desde hoy. Es mi segundo relevo, después de los nueve tripulantes. Ellos, en suspensión criónica. Mi primera tarea: leer la bitácora. Leo los informes pasados, los cambios de los animales en su condición de guía, los primeros nacimientos de aves, los gatos y sus conductas rebeldes. En un informe, hay frases subrayadas sobre el comportamiento de los felinos; describen situaciones cada vez más complejas para dominarlos y llevarlos al estado de sueño inducido. El gallo Alfa sigue firme en su estado de alerta, atento por recibir alguna bio-señal de la polla guía a través del CIB. Leo las anotaciones sobre grupos de estrellas, la captación de señales de algún Quasar o de estrellas enanas con sus codificaciones de señales cíclicas. Datos de los minerales que componen unos asteroides y de cómo fueron evitados de una posible colisión. Los espectros lumínicos que irradian ciertas galaxias. Leo un texto doblemente subrayado, sobre una disputa territorial entre aves y gatos. Analizo un gráfico de una curva elíptica de la trayectoria de la nave, que estaría demostrando la curvatura del plano Espacio-Tiempo. Hay hojas sin llenar como días en blanco, como si no hubiera sucedido nada importante que plasmar; o tal vez, de algún conflicto que no fuera asentado para no crear pánico.

Una nota me sorprende. Creo identificar la letra. Es del Capitán Claudio. Advierte sobre una intensa disputa territorial de los animales durante su comando. La más grave ocurrida durante el viaje.

Dejo la bitácora y me dirijo a la cámara de conservación de los huevos fértiles. El panorama es terrorífico: los gatos invadieron el depósito y destrozaron los huevos quedando ellos atrapados en la cámara, por la acción preventiva de la Bio-Computadora Máster de cerrar y clausurar el depósito. Sobre los huevos rotos donde asoman los embriones mutilados, se desparraman los cuerpos de los gatos en posiciones ridículas, grotescas, con sus bocas abiertas, tiesos, inertes, congelados. Todos muertos.

Veo a mi alrededor que tanto la polla guía como el gato previsor continúan en su sueño inducido. El pollo que debe marcar los días y el gallo Alfa, en su postura normal. Dudo qué hacer; la Computadora me impide despertar al resto de la tripulación para tomar alguna decisión en conjunto. La nave sigue su curso. Nos quedamos sin relevos de animales. Escribo todo lo que veo y detallo cada circunstancia de lo que podría haber ocurrido, tratando de ser objetivo y de no crear ni entrar en pánico. Pero no puedo dejar de preguntarme si llegaremos a la meta en estas condiciones y cómo será el regreso, si lo hay. Dependemos de un ave y de un felino en los ajustes de navegación y prevención de colisiones. Sólo ellos dos quedaron para alcanzar el destino y el posible retorno a casa. Tal vez aceptaron un acuerdo de convivencia, dictado por su instinto primate de sobrevivir.

Hace una semana que navegamos según la trayectoria trazada por la Bio-Computadora Máster y con los cuatro únicos animales conectados a través del CIB.

Algo capta la Bio-Computadora y pone en alerta a todo el sistema de navegación. Se inicia el proceso de descongelamiento de toda la tripulación. El gallo Alfa se agita. Hay una señal de llegada.

11

Todos ocupamos nuestro lugar de despegue, con la expectativa de lo que pueda suceder. Entramos en una luminosidad tenue; después más clara, después brillante, semejante a una atmósfera, que nos recuerda de dónde partimos, o algo así. Hay una neblina que se congela en las ventanillas, algo parecido al agua que conocemos. Son nubes de agua según lo que informa la Bio-Computadora. La visión se aclara a medida que avanza la nave. En la pantalla central concentramos nuestra atención. Pero queremos observar lo que se ve por las ventanillas. Hay algo que va tomando forma, que se visualiza como un dibujo borroso, pero se va aclarando cada vez más, cada vez más y esa forma nos lleva desde algún rincón de la memoria a una forma conocida: como dos Islas; pero se ven muy juntas, casi unidas, con un leve hilo brillante entre ellas, como una cicatriz de una herida antigua, que ha sanado y que ahora brilla.

La nave desacelera. Se acerca a un punto sobre una de las Islas. Hay un monte que se parece al del que partimos. La nave se posa en un valle. Sobre el monte hay un mástil antiguo, desvencijado, con dos banderas de colores que reconocemos. Hay un sol que comienza a salir por el oeste. Todos estamos en silencio. El Capitán Claudio se acerca a la puerta de salida de la nave. Nos invita al ritual de hacer un abrazo en círculo. Pide que invoquemos a un estado superior, espiritual o de gracia. Hacemos contacto según nuestras creencias o sentimientos. Ahora va hacia la puerta. Lleva la mano sobre el volante de Apertura Manual.

Gira el volante.

Nacimiento NAF
(Nadadores de Aguas Frías)

Cuando en las Islas soplan los vientos del invierno y el sol deja de lado su intento de calentar el aire para otro verano incierto, cuando el frío gana siempre en esas tierras desoladas, áridas, lejanas, dominando las bahías, mares y el Canal, aparecen ellos. Son cuerpos de piel rojiza; son puntos amarillos, sintéticos que sobresalen del agua, desafiando su natural condición de mamíferos retando, irreverentes, al útero materno de la naturaleza. Entre los lugareños se despiertan intrigas, sorpresa, amores y odios ancestrales; pero se asombran de los rituales de esos transgresores que calientan su sangre con agua helada.

Algunos dicen que sólo son leyenda.

Otros los bautizaron como NAF.

Azul

Tres días a bordo del "Desafío del Norte" anclados en la Bahía Helada esperando, por fin, la ventana climática que nos permita el cruce del Canal. Sin contacto posible con el exterior, en un silencio y soledad que aturde, rodeados de acantilados hoscos, indiferentes, que guardan historias de guerras, de amores y de odios.

Ella es la que tiene el control del orden de salida, de cada uno de los siete que deberán nadar en las aguas gélidas completando el cruce: uno a uno hasta la otra orilla solitaria, pedregosa y hostil, donde el Capitán Claudio deberá recibirnos registrando la gloria de completar el desafío.

Ella y su cuaderno.

Cuaderno azul que aprieta con los brazos cruzados y las dos hermanas atrincheradas, turgentes y blancas, queriendo asomarse detrás.

Me imagino lo que tendrá anotado: nombres y números de orden, datos, registros de tiempos, planificación del evento y, seguro, los pasos a seguir a la hora de nadar: entrar despacio al agua, controlar las pulsaciones, la respiración y comenzar a bracear concentrado, aceptando el frío y la mente puesta en la otra orilla.

Ahí estará escrito, además, todo lo que puede alimentar nuestra incertidumbre, nuestras dudas; lo que conoce de nosotros o lo que puede explotar en locura en medio de este mar calmo y helado. Y nuestros miedos y los fantasmas de hielo que nos esperan y los monstruos que resurgen desde las tripas frente a lo desconocido.

Ella y su cuaderno azul ahogando a sus dos hermanas.

Si encuentro sus ojos, ella desvía la mirada. Mirada esquiva bajo un gesto de rímel. Como si, para ella, nada pasara, aunque

el primero que nade hacia la meta no llegue a destino, o tal vez
se pierda en el agua, o lo devore una orca, o una ballena, o algún
monstruo real o imaginario de esos que te salen desde las vísceras
o de una trampa de la mente o, simplemente, se congele y el mar
cobre una nueva presa, advirtiendo a quienes lo desafían. Ella no
dice nada. Tilda el nombre que figura en su lista. Después señala
a quien debe salir; y después al otro y al otro. Marca y junta las
tapas con fuerza para que ningún monstruo escape y nos devore
antes de tiempo, antes de entrar al agua.

Así fueron saliendo todos, uno a uno bajo su orden, marcando
cada nombre, como un control o como una sentencia.

Y ella y su mirada de rímel, de gesto esquivo, de verdugo
en espera, marca el último nombre. Veredicto, tilde acusador,
sentencia esperada. Su gesto no cambia. Tuerce su boca. Podría ser
una sonrisa. El brazo aprieta el cuaderno y las dos hermanas que
se asfixian. Cuaderno azul. Fin de las dudas, de todas las dudas,
de todos los gestos, de la mirada esquiva, de los ojos debajo del
rímel: es mi turno.

Invitación

Se mueven todas a la vez. Todas juntas. A la señal de una de ellas: la líder. Sucede así, de golpe, sin que podamos prever o darnos cuenta de nada. De pronto presienten algo, una sensación que las moviliza o, tal vez, la presencia de quien las observa y, ella, la líder, da la orden. Hay risas, comentarios, gritos y cantos alegres, festejos de que algo bueno comienza; como el inicio de un ritual esperado; o como la llegada de una pizza después de una larga espera de hambre y paciencia. El grupo se alinea, se mimetiza, se conecta formando un solo equipo, una sola masa, un único cuerpo, una sola bandada o cardumen. Y allí van sobre la superficie o bajo el agua, en mariposa o pecho, braceando, haciendo espuma en cada patada, en cada brazo agitado; respirando y haciendo burbujas por la boca. Se deslizan en un vuelo subacuático y, es ahí donde toman su forma, su verdadera forma: la de Sirenitas. No hay distancia, ni medio, ni agua que las detenga. Piscinas cerradas, andariveles, ríos, lagunas o aguas abiertas. Se dice que, para ellas, la mejor agua es la del mar; porque prefieren lo salado. O, tal vez, la sal del agua. Verlas desde la playa es una invitación al placer, a las formas perfectas, a la danza sensual, a la piel suave y sus formas abultadas contenidas por tangas y sostenes. Es un encanto visual que promete algo especial, que convida a un ritual único, que marea con las voces y risas agudas que salen de sus bocas de dientes blancos bien alineados, y la invitación se hace irresistible, y cómo no compartir con ellas el agua salada, o la sal del agua como ellas prefieren; y allá voy; y las Sirenitas se acercan, con sus voces risueñas, los sonidos encantadores, las carnes suaves y turgentes, y me llevan deslizándose, y me acercan sus bocas a cada parte de mi cuerpo, brazos, muslos, hombros y cuello, y me adormece el contacto tibio, y no siento el mordisco de los dientes blancos, alineados, que se clavan en mi carne, y es una y otra y otra, y todas se prenden a mi cuerpo, y es un festival de mordiscos que arrancan y mastican mi carne y tragan voraces en un ritmo cada vez más alocado, salvaje, como cardumen de palometas feroces; mastican y tragan músculos, nervios y tendones, entre risas y cantos y, con el último vestigio de carne, lamen mis huesos limpios y pelados que flotan en el agua, agua roja, escarlata y salada, porque, según dicen, ellas prefieren el agua salada o, tal vez, la sal del agua para esos rituales.

EMBARCADOS

Es un péndulo. Un balanceo constante, de un costado a otro. Un recipiente que gira, cíclico, mezclando un brebaje de agua y sal. Un movimiento de lavarropas antiguo, implacable y sórdido frente a cualquier reclamo o rezo para todas las deidades del océano.

Para los navegantes no hay piedad ninguna. Es una pulseada entre Eolo y Poseidón para ver quién es más poderoso, quién dominará ese Universo líquido, quién de los dos fagocitará la nave.

Los siete ya abandonaron la posición fetal y esperan, acostados, rectos, inmóviles y atados con cuerdas a las cuchetas, para soportar la ira irreverente de los dioses del viento y del mar. El aire interior es denso y pegajoso por la incertidumbre. Ellos respiran el peligro, pero mantienen la esperanza de sobrevivir frente a ese mundo exterior hostil y desconocido, que los está poniendo a prueba. Las cuerdas son el cordón umbilical que los mantiene a salvo dentro del útero de la nave, alimentando la fe de seguir vivos y conectados a la placenta del navío. El deseo es un rezo incesante de que vuelva la calma y el de llegar a una bahía de aguas quietas, sin tormentas, sin nada que impida el desembarco en un puerto seguro.

Ella siempre fue libre, alegre, personalista, sin aferrarse a ningún compromiso. Su mente es el hoy, el ahora, o, tal vez, un mañana temprano y simple, pero nunca un vínculo duradero. La figura de su cuerpo es una promesa que no cumplirá para ninguno que quiera una relación firme. Su espíritu divaga por los aires, por las aguas, atraviesa mundos de acero y cristal, se escapa entre los dedos de quien quiera poseerla, ignora cualquier declaración de amor eterno. Ella es el símbolo de la libertad absoluta, un pañuelo blanco y un pañuelo verde; una proyección hacia el infinito sin ninguna frontera, sin mandatos ni condiciones; es el iceberg de una personalidad misteriosa, rebelde y contestataria, una bahía inquieta y cálida que cautiva e invita al desembarco ardiente de cualquier navegante cercano y desprevenido.

Por eso la noticia la desequilibró, golpeó el esquema de vivir sin reglas y puso a prueba al pañuelo verde y al proyecto de nunca un compromiso: ahora siente un reclamo interior, un aviso de un cambio inesperado; descubrir, de pronto, que alguien navega en el mar líquido de su nave uterina, atado con el cordón vital y seguro, para mantenerse firme frente a los vaivenes de su vida.

Las ciencias duras tienen ese riesgo. Nunca se sabe si se comprobará, finalmente, lo que proponen los teóricos. Él conoce de este desafío como investigador. Años frente al monitor observando el experimento, esperando que, tal vez, las partículas colisionen y comprueben el fenómeno. Unas giran dentro del anillo principal a gran velocidad; otras son disparadas desde un punto estratégico en busca de una colisión clave, un encuentro necesario para generar el embrión de un descubrimiento que genere, con el tiempo, nuevas leyes que rijan al Universo. Todavía es una incógnita el resultado. Él espera, paciente, que el choque de cada partícula con su par adecuado, se produzca preciso y en el tiempo justo. Es un bombardeo constante, inquebrantable y cíclico para que en ese mundo subatómico, las partículas se encuentren, intercambien energías, códigos genéticos y, así, declarar el nacimiento de las nuevas leyes que gobernarán nuestro mundo.

Él conoce, además, la existencia de otro riesgo: que el nuevo descubrimiento abra un nuevo abanico de incógnitas que cuestionen los preceptos donde se basa la ciencia actual, debiéndose replantear los modelos vigentes. Pero no hay vuelta atrás. El desafío está planteado. La espera es ansiedad, incertidumbre y adrenalina frente al monitor.

Los dioses son implacables, Eolo y Poseidón se provocan, se agreden con furia; es una pulseada feroz sobre el casco de la nave. Hay un peligro de que algo se parta, se quiebre y que el proyecto aborte.

Ella detiene su ritmo vertiginoso. Piensa qué hará con su nuevo estado. El espíritu independiente se vuelve denso, pesado; ya no vuela, camina con dificultad y choca con la realidad inesperada. Todo empieza a transformarse a su alrededor, nada se ve ahora tan libre, tan firme y seguro. Hay un peligro de quiebre, de dudas, de incertidumbre.

Hay una señal en el monitor del científico. Es un aviso, un indicio de un posible descubrimiento. Hay que corroborar datos y estadísticas. El aire se espesa y la adrenalina acelera los sentidos. Hay una alerta de quiebre del orden establecido.

Las partículas chocan y se embarazan. Por las nuevas leyes que rigen el Universo, Poseidón y Eolo hacen las paces. Las aguas se calman, el pañuelo verde claudica y ella llega a buen puerto.

Toni

Cuando Lena nos llamó, no teníamos idea del porqué. Quiso que fuéramos los siete que compartimos el viaje con ella, en las frías aguas del Mar del Sur. Lo recuerdo muy bien. A bordo de un velero por varios días, nadar en las aguas heladas acompañados por delfines y toninas que jugueteaban a nuestro alrededor fue, sin duda, una experiencia inolvidable. Recuerdo que a ella se le arrimaron varias de esas criaturas; más que a cualquiera de nosotros. Un grupo numeroso de esos mamíferos la rodeó, jugueteó con ella mientras nadaba y hasta parecía que le acariciaban la piel con sus aletas entre saltos y zambullidas. Era una comunicación con Lena, diferente a la que existió con cualquiera de nosotros. Para aquel entonces, solamente significó un detalle más entre tantas anécdotas a recordar.

La sorpresa fue cuando llegamos todos a su natatorio, en la ciudad de Monte Grande. Ella nos recibió bien, con alegría, con una sonrisa que hacía resaltar más las pecas de la cara y, también, con algo de nerviosismo por lo que nos tenía que contar. Estábamos el Capitán Claudio y los seis integrantes de aquel memorable proyecto.

Pasamos al natatorio y lo vimos.

—¡Un delfín! ¿Cómo lo conseguiste? ¿Pero de dónde salió? y ¿cómo apareció aquí? ¡Es hermoso… parece un cachorro o un bebé de delfín…! —Fueron esas y otras más las expresiones de asombro, al ver esa criatura que nos recibía con saltos sobre el agua y golpeando varias veces la cola en la superficie, chapoteando y dándonos una bienvenida con cortos y agudos sonidos. Hasta nos pareció que estaba feliz de vernos.

—No es un delfín —dijo ella, y los cachetes se le encendieron—. Es una tonina. Es más, es un bebé de tonina macho. Lo llamé Toni —dijo, y los cachetes le brillaron más. Después, otra catarata de preguntas cayó sobre ella, ya que ninguno de nosotros entendía nada: de dónde lo trajiste, cómo es que vino aquí, si vos lo criaste, si lo compraste o te lo regalaron, entre otras tantas preguntas. Pero Lena pidió no responder y que entendiéramos que esta era la nueva realidad en la que estaba envuelta su vida.

—Quise llamarlos a ustedes porque somos un equipo y porque necesito su ayuda. Hace tiempo que tengo cerrado el natatorio para atenderlo. Como verán, Toni es un bebé, está creciendo rápido y ya no puedo seguir ocultándolo aquí; necesito llevarlo a su hábitat y que se desarrolle como los otros de su especie —hizo una pausa y continuó.

—Además de tener que aprender a conseguir alimento por sus propios medios, debe adaptarse al agua salada y al ambiente frío de aquellos mares.

Nos miramos entre todos, sin saber qué hacer o responder. Lena ahora tenía un gesto de preocupación por lo que nosotros podríamos pensar. Se hizo un silencio y todos nos miramos, queriendo entender algo de todo esto. El Capitán Claudio, que observaba en silencio toda la escena, en un momento se acercó al borde de la piscina, se agachó y movió suavemente el agua con su mano. Toni se arrimó al borde y sacó la cabeza fuera de la superficie para que Claudio acariciara su trompa. Toni parecía disfrutar ese gesto.

—¿Con qué lo estás alimentando? —preguntó.

A Lena se le encendieron otra vez las mejillas; dudó un poco y tímidamente contestó:

—Bueno, ahora que ya tiene dientes, con pescado… y antes… antes lo amamanté yo.

Un aire de asombro, ternura y amor maternal calmó el desconcierto inicial, cuando además, pudimos ver las pecas salpicadas sobre el morro de Toni.

El Capitán Claudio levantó la mirada hacia nosotros y sentenció:

—Tenemos que llevarlo a su hábitat, va a ser una ayuda para Lena y Toni. Voy a pensar en un plan; pero esto quedará entre nosotros, nadie más deberá enterarse.

Él pudo hacer los arreglos necesarios con Zeek, el dueño del velero, para adaptar una pileta de lona en la popa donde Toni pasaría los días hasta llegar al Mar del Sur. A Zeek le dijimos que se trataba de una tonina extraviada y que debíamos llevarla a su hábitat para lograr que se adaptara con los de su especie. Él, como todo hombre de mar y de carácter amable y solidario, aceptó el desafío.

Después de una semana de navegar, llegamos a Fanning Head, una de las playas de la Isla sobre el Mar del Sur.

Hace un mes que estamos sobre la playa pedregosa. El velero con la pileta de agua dulce, a unos cien metros de la costa. Toni creció bastante y ya nada en el mar, busca su comida y duerme en su pileta de agua dulce. Nosotros nos refugiamos en la costa, en una carpa hecha con ramas y algas, viendo cómo se va adaptando a su nueva vida. Él viene a visitarnos de tanto en tanto, y nos trae algún pescado para el almuerzo o la cena. Ahora es de noche y nos calentamos alrededor de una fogata donde se cocina un salmón. Pensamos en Toni disfrutando también de su cena a bordo del velero. Lena mira el cielo y, con un suspiro, se pregunta cuándo Toni le presentará a su pareja.

NLH

Un sueño posible

Estoy aquí porque él me convocó. Pasaron años desde el conflicto. Es hora de acercarnos, de generar nuevos lazos. Ellos aún están dudando entre el futuro que les espera y sus resentimientos antiguos. Futuro no muy bueno, indefinido, con los cambios en la Comunidad de los Planetas; esa inevitable transformación que se produce con el tiempo, con la expansión demográfica, la prolongación de la vida de los habitantes, las necesidades del mercado. Y el odio antiguo. Viejo como los más antiguos de la comunidad; ya diluido entre las nuevas generaciones, los que tienen otra visión, otro sentido de la vida y una percepción distinta de la realidad. Es un caldo que se va enfriando con el tiempo, un caldo de sentimientos encontrados: los que hervían en tiempos pasados y la realidad fría de un futuro cercano.

Por eso estoy aquí. Porque él vivió los avatares de la Comunidad Mercuriana: vivió su historia, su fase de gloria y percibe, ahora, lo que vendrá con el tiempo: la inevitable decadencia, el fin de un ciclo. Es el tiempo de acercarse, dejar los odios, los prejuicios e intereses mezquinos. Él, el Capitán Claudio está al frente de este desafío. Él y nosotros, los Nadadores de Lavas Hirvientes del Universo, formamos parte de esta misión: viajar a Mercurio. Bajo la intención de un simple evento deportivo, la misión será crear un puente entre esa Comunidad y el resto de los planetas sobrevivientes; sobre todo los más alejados, los que fueron muriendo lentamente, congelados, sin la vital influencia de nuestro sol. Un sol con su energía disminuida por la Gran Nube Cósmica que envuelve a nuestro sistema. Me imagino a los plutonianos en sus últimas horas; los que no pudieron construir los refugios bajo el suelo congelado. Se dijo alguna vez que los habitantes del cuarto planeta fueron los que destruyeron el equilibrio del Sistema, los responsables de la explosión final. Yo dudo de esa teoría. Si eran seres inteligentes, cómo habrían de producir ese desastre. ¿Tal vez nunca existieron?; pero el poder de la Comunidad Mercuriana lo fue difundiendo para afianzar su estatus, para no ceder, alentando esa supuesta leyenda y, así, culpar a una civilización de lo que es ahora un planeta muerto, sin vida y sin una manera de probar nada.

Somos siete en total. Una sola hembra. El resto la imagina como la única depositaria de los huevos para una nueva generación en Mercurio. Alguno de nosotros tendría la tarea de fertilizarlos. Esa es una idea que distrae la atención, por momentos, de nuestra misión.

Claudio mantiene su mirada firme, inmutable, como para dar confianza al equipo; cubre su cabeza con su habitual casquete de escamas, signo de antiguo guerrero, de luchador incansable en busca de ese equilibrio en el Sistema. Él tiene diagramado el plan; cada detalle, cada paso a seguir lo dibuja y lo diagrama, lo muestra y lo repite una y otra vez; lo que debemos decir, lo que debemos callar para evitar confrontaciones. Nos reuniremos en la boca del volcán principal para iniciar nuestra actividad deportiva y nadaremos en un circuito demarcado con piedras volcánicas flotantes, repite Claudio. Yo espero que la lava tenga la viscosidad y la temperatura adecuada. Todo ambiente debajo de los trescientos grados, pone en peligro el funcionamiento de alguno de nuestros dos corazones. Habrá que cubrir nuestras escamas con protecciones de carbono, si fuera necesario. Sin embargo sé que algunos lo harán con las escamas sin resguardar.

Sé que tendremos el apoyo de algunos ofidios locales; pero sé también, que su influencia en el poder no es relevante. Cada paso en las relaciones deberá ser adecuado, seguro; corto pero firme para conectarse con ellos, para demostrar nuestras verdaderas intenciones.

La concentración del equipo en la nave es total; repasamos una y otra vez el plan del Capitán Claudio. Solamente me desvía la atención el paso de la única hembra cuando pienso si, tal vez, sea yo quien ella elija para fecundar los huevos que deposite en Mercurio.

NAFcimiento

El Beagle se transformó en un lugar para explorar,
... para descubrir
y descubrirse así mismo.
PAI CAMILO

Nunca supo de dónde vino ese llamado. Un sentimiento que germinó desde adentro, un río interior que fue creciendo en las venas calentando las vísceras, la mente y, sobre todo, el corazón. Se fue revelando de a poco: una premonición que nació, tal vez, de alguna vida anterior, de las tantas reencarnaciones, desde los tiempos en que los genes fueron adaptándose a los ciclos del planeta sobreviviendo a cataclismos, ríos de lava, glaciares; tiempos de vida y extinciones de las especies. Esos genes que perduraron adaptándose, son los que conviven en alguna parte de su cuerpo, en su esencia animal, en su composición primate, en su bestia interior que despierta ante el reto de la naturaleza.

Por eso el frío.

Con los pies en el Canal, ve pasar los bloques de hielo. Mira el agua y los desprendimientos congelados flotando a la deriva. Ahora las rodillas. La cintura. Se moja la cara. La piel se sonroja frente al desafío de esa naturaleza gélida, por violar su natural condición de mamífero de sangre caliente. El cuerpo se sumerge, la cabeza y los brazos sobresalen y se hunden en un ritmo acompasado, acorde a la posición horizontal del cuerpo; las agujas que perforan las sienes le dicen que es un animal de tierra, un primate de ambiente cálido; pero los genes le recuerdan el pasado de glaciares y nieves eternas y todo se compone en una calma extraña, dulce y gélida que arde desde adentro, desplazando el cuerpo en el agua, serpenteando los bloques y el paisaje solitario e indiferente a esta regresión a los tiempos del Paleolítico Superior.

Y ellos se acercan. Se dicen delfines.

Lo rodean. Giran alrededor del primate que nada. Lo acompañan. Hay sonidos agudos entre ellos, aletas que sobresalen a la superficie y se hunden, morros curiosos e inquietos en círculos rodeándolo, marcando un rumbo, un horizonte. Saltan fuera del agua y los sonidos son cantos, risas, una danza, un recibimiento, un festejo para ese hijo pródigo al que, finalmente, reconocen y él se mimetiza en el cardumen y juntos nadan, nadan hacia algún lugar, hacia ese mundo donde los mamíferos del agua conviven, se reproducen, se apoyan, coexistiendo en una gran familia. Y la piel primate se va cubriendo de escamas brillantes y sobresale una aleta del cuerpo y en ambas piernas otra, y membranas en las manos y es uno más del cardumen, uno más de todos ellos.

Nadie supo si fue sólo una leyenda, si esta fábula fue cierta. Pero de boca en boca se difundió esta historia. Y algo comenzó a suceder en algunas playas del Atlántico, desde las del Fin del Mundo hasta las del Norte. Muchos nadadores se juntan en esas orillas y comentan la historia; y hacen rituales como desnudarse y sumergirse en las aguas gélidas. Ensayan cómo respirar, cómo controlar pulsaciones y latidos aceptando el frío, para revivir o descubrir en esa liturgia, el nacimiento de esa leyenda.

Dicen que a veces se acerca un delfín emitiendo sonidos parecidos a un canto, a una invitación, a una danza.

Algunos le dieron el nombre de Pai.

A nuestros Héroes de Malvinas

El valor de la subordinación

¡Subordinación y valor para servir a la Patria!

Suelo de barro y turba. Cientos de borceguíes que pisan y pisan amasando la mezcla de esa tierra sagrada, irredenta, ahora llorada con sangre. Una fila interminable de cuerpos verdosos, inflados de chaquetas y sobre abrigo. Vientres vacíos, amargos de hambruna. Y la bronca y el frío y la llovizna que bañaba el valor de la lucha y que ahora hiere el sentimiento heroico, la soledad y la desidia de un poder que se cae a pedazos. La marcha autómata, bajo las órdenes de los gringos en un idioma que nadie conoce, pero que manda a seguir y a seguir. Y la columna de hombres con manos entrelazadas sobre las nucas de acero que cubren caras pintadas, algún rastro de vendas, lágrimas de furia, ojos resignados y restos de sangre.

"No creo que estos gringos se dean cuenta".

Van quedando a retaguardia las trincheras. Son fosas donde los espíritus de los mártires velan los cuerpos inertes o lo que queda de ellos, desmembrados por el fuego enemigo. Y la fila es un hormigueo de paso cansino, silencioso, con el dolor de haber dejado atrás a sus muertos. Y el pensamiento se nubla en los porqués y en la realidad de los heridos y en los miembros despedazados de los compañeros de combate.

"No creo que se vaya a notar, si la yevo bien contra el pecho".

Es una marcha interminable hacia el destino que mandan esos gringos. De lado, queda la montaña de caños de acero y culatas como un final de un juego ridículo, cruel; el desmoronamiento de un orden patético y criminal, la caída del poder eterno. En las mentes afiebradas por el horror que dejará su secuela de suicidios, se debaten los por qué de la caída, los motivos de estar vivos, de asimilar la inconsciencia de una muerte súbita, del por qué a mí no y a un amigo sí.

"Todos están muy abrigados como yo, si la apreto bien contra el capote, seguro que no van a notar que la yevo".

El fango pastoso se hunde con las huellas de los colimbas adolescentes, convertidos hoy en hombres inmortales por ese destino trágico, mezcla cruel de un poder sin escrúpulos y un sentimiento de amor, de heroísmo, de reivindicación, arraigados en el corazón y en las heridas de la carne.

"Vamo yegando al control final. Los gringos no se van a dar cuenta. Igual, no la voy a soltar, no la voy a soltar; aunque me maten, chamigo".

La columna se detiene. Un oficial mandó a parar la marcha. Los prisioneros se dispondrán en un lugar a la espera de la repatriación. Todos los gringos se sorprenden del ejército de adolescentes; dicen no entender de combatientes no profesionales. Uno de ellos observa un capote abultado, con manos que lo aprietan contra el pecho. Se acerca. Le hace señas para que abra el abrigo. El capote se niega. El gringo lo toma del hombro, lo aparta del grupo y parte del cierre se abre. Algo se asoma dentro, apretado por los brazos que siguen firmes, crispados por el frío, acerados por una voluntad férrea. Hay cruces de miradas. Una de fusil, pelirroja, de boina con el escudo del país gringo; la otra demacrada, sin fusil ni bayoneta, morena, ojerosa y con algún rastro de heridas, pero que se eleva, se eleva firme y lo mira desde lo alto, sin armas, con la voluntad de a quien aún le queda el último tramo de la batalla por disputar, con la convicción de salir victorioso, con la fuerza de un héroe adolescente e inmortal. La tensión sólo dura apenas unos segundos. El gringo hace una seña de continuar. El capote se une a la fila de la espera. No se sabe si fue por la mirada del prisionero, o por el sol bordado sobre la banda blanca que se asomó del abrigo.

Hierro oxidado (08/04/2013)

En la montaña de cuerpos muertos
te esperan sus espíritus de sal y agua helada.
Morderán tus várices, desgarrarán tu carne arrugada y vieja
y devorarán tu alzhéimer.
Sobre tu osamenta de herrumbre
donde descansa el linaje genocida de tus ancestros
el grito de mis muertos explotará el veneno del por qué.

Homenaje a los caídos del Belgrano

Carta a Soledad

Sé que tus amos te tratan bien ahora. Ellos pintaron tu cara, maquillaron las grietas de tu carne agreste, arenosa y suavizaron las lágrimas antiguas y frías. Tus mascotas crecen inocentes y sin peligro, lamen tus costados, juegan y cantan a tu alrededor para que te sientas bien. Cualquiera que no te conozca, ni que sepa de nuestra historia, diría que sos feliz, que tus amos te cuidan, que te protegen del frío y de esa vida dura, rutinaria, alienante. Pero sé que todo lo que te dan es a cambio de algo. Ellos no te aman. Quieren que seas servil a sus reyes.

Yo te extraño. Quiero volver a verte. Quiero caminar por tu cuerpo, acariciar tus valles, tus senos como Dos Hermanas, entibiar ese aliento gélido y ardiente que moja tu carne, calentar hasta que arda el canal que separa tus labios donde se agitan aguas de tristeza en un silencio secreto.

Pienso en tu vientre. Ese lugar oculto, sagrado, donde siguen latiendo los corazones de tus doscientos treinta y siete hijos. Son ellos los que, desde siempre, alimentan la esperanza de que vuelvas a ser mía.

P.D.: Soy "un disparo en el aire, al intento de olvidarte." [2]

---

2 "Somos polvo", Eruca Sativa.

NIÑO VESTIDO DE SOLDADO

Niño vestido de soldado,
de un golpe te arrancaron
del recreo de tu juventud
y sin preguntarte te ordenaron ir en busca
de las hermanas perdidas que no conocías.
Llevas en tu mochila armas de juguete
cargadas de dudas y espanto.
Lloras desconsolado
porque mamá no podrá curar tus heridas
en esta guerra que ya no es de fantasía.
Ni papá estará para cuidarte
cuando alguien más grande quiera golpearte.
Niño vestido de soldado,
tan lejos de casa, tan cerca de la nada.
en tierras tan frías,
rodeado de chicos desconocidos
con el mismo temor en sus miradas.
Jugaste a ser hombre con carita de niño
usando tácticas de combate
aprendida en el barrio con amigos.
Niño vestido de soldado,
hemos robado tu sonrisa,
hemos destruido tus fantasías,
hemos sepultado tu infancia y tus lágrimas
en un lugar tan lejano.
Niño vestido de soldado,
que caminas entre nosotros
tan solo y desamparado

como en aquellas islas olvidadas.
Quizás algún día puedas perdonarnos,
quizás algún día podamos devolverte
tu juventud despojada.

Nota del autor: Este poema escrito por el poeta Pablo Ríos, se encuentra en el Cementerio de Darwin de las Islas Malvinas, en dos versiones: español e inglés. Fue recogido por muchos visitantes argentinos y extranjeros y se ha viralizado por muchas partes del mundo, incluso por familiares de los caídos británicos. Una muestra del horror de la guerra.

Niña Pez
EDICIONES

Este libro se terminó de imprimir en junio de 2020,
en Buenos Aires, Argentina.